風曜日

別所真紀子

Kazeyoubi
Bessho Makiko

深夜叢書社

Ⅰ　句詩付合　7

Ⅱ　二行詩による半歌仙の試み　29

カバー絵

ワシリー・カンディンスキー

Wassily Kandinsky *"Study For Reduced Contrasts"*,1941

（表紙・扉カット）

Wassily Kandinsky *"Thirty"*,1937 より

装丁

髙林昭太

風曜日

別所真紀子

I

句詩付合

亡き母や

亡き母や海見るたびに見るたびに　一茶

三日月が　鹹い絶望の潮に櫂を入れる

溶かされていった
血と肉とたましいの透明な重量

ちりり　ちりり
千尋の底で白い骨が　鳴る

春雨や

春雨や喰《くは》れ残りの鴨が鳴《なく》　　一茶

生れたての風の　やわらかな指が
そっと死者たちをゆり起こす

地を割って噴きあがる　草々の声
おぼろの宵には　灯ともす家々の幻
そこに在った日々のいとなみの　ひとびと
あなたたちを永遠《とわ》に生かしめるために
わたしたちの現在《いま》はあるのだ　と

筑摩川

筑摩《ちくま》川春行《ゆく》水や鮫の髄　　其角

断ち割られた頭蓋骨を
おんなは籠に入れていた
まっかに泡だつ半分の口がうたう
ころしたのね　ころしたのね
そうよ　お酒で煮てあげるわ
おんなはうっとりつぶやいた

骨拾ふ

骨《こつ》拾ふ人にしたしき菫かな　　蕪村

めつむると　頭蓋のなかで
海馬が泳ぎだす　耳の奥では
からからと鳴る蝸牛の殻

みひらけばうす紫のゆうぐれ
膝の裏からしずしずと半月が昇る
楽しいじゃない？　ひとのからだも

人恋し

人恋し灯ともしころをさくらちる　　白雄

此岸から　彼岸へ
蒼い気流の帯が吸われてゆく
逝きしひとびとの　たましいの在り処へ

彼岸から　此岸へ
湧き起るうすくれないの雲
なつかしいひとびとの囁きを抱いて

蝶飛ぶや

蝶とぶや此世に望みないやうに　　一茶

はる　という初々しい名の少女は
地平の天際をかろやかに駈けて消えた
青いスカアトをひろげて　ひるがえして

アナクシビア・モルフォ　密林の美神
きらめく青いスカアトのような鱗翅を
展げて　展げたまま　永遠に　刺されて

ちりて後

ちりて後俤にたつ牡丹哉　　蕪村

いなくなった　猫が
どこにでもいるのだ
いなくなったひとを連れて
ありありと

非在によって証しされる　存在
いるはずの九代目の風子は
どこにもいない

産衣に

産衣《うぶぎぬ》に夜の目もあはぬ若葉かな

豊後りん

誰の肋骨《あばら》から生れた?
啄木鳥のように　風のように
いくつもの胸を叩いてさがした

時が素疾く通り過ぎる
孵化したばかりの蟬の薄翅のような
透きとおった衣裳を着て　永遠《とわ》へ

頭の中で

頭の中で白い夏野になつてゐる　　窓秋

ゆたかな沃土だったのだ
土の下には　幾十幾百の
安穏な　土竜王国

いつか地を割り火を噴いて
サラマンドラが出現しはすまいか
幾十幾百の　突然変異の
元素記号Csにまみれた　火竜が

淋しさに

淋しさにつけて飯食ふ宵の秋　　成美

翼を捥がれたあとの骨が
痛むのだ　こんなゆうぐれには
大空を羽搏きたかった　と

鰭をなくしたからだが水を
恋しがるのだ　胃袋ではなく
浮き袋がほしかった　と

先問む

先問《まづとは》む故郷の人に秋の水　　古友尼

記憶の川には　いつも
みるくいろの霧がかかっていて
たまさか霽れると　向う岸に
小さな女の子が立っていたりする
（赤いべべ着て
　ぽっくり穿いて）*
茫漠と霧は濃く流れきて
かすかに　祭り囃子

＊石見地方の童歌

秋の空

秋の空尾上の杉に離れたり　　　　其角

佇ち尽くしたままの死もあるのだ
たとえば檜　たとえば樫
たとえば曙杉　あるいはヒト

太古の彩を湛えた湖水の岸で
白い骨の枝をひろった
千年のみなそこに沈む森から
いま　何を告げようとして——

もろこしも

長崎にて唐船に乗りて
もろこしも遠くてちかし秋の風　　諸九尼

空には日月　地に水湧き
木と木を摺り合わせて原始の火
なぜ　ないの　風が
国境を消して世界を攪拌する風が

風曜日

かなしさに

かなしさに魚喰ふ秋のゆふべ哉　　　几董

ひとが　ひとに架け渡す
硝子の橋　硝子の言葉
墜ちて砕けた
千の切尖　千の落暉

万の鱗をきらめかせ　深くふかく
さみしい来歴を　水に誌して

世の中や

世の中や革足袋を縫ふ猟が妻　　　　星布尼

きょうは
きのうとあすをつなぐ
もろい　いっぽんの糸

針のわたし
とりかえようもなく
これっきりの

ふりむけば
よじれてふぞろいな　縫い目
いとしくも

近海に

近海に入り来る鮫よ神無月　　　兜子

鮫町に住む詩人からの葉書には
鮫局のスタンプが捺してある
ゆうびん局は　海のなか

蒼い魚身が　しなしなと
鰭の尖で捺されたスタンプ
にじんだ宛名に　ひとしずくの海

うき恋に

うき戀に似し曉やとしわすれ　　　　青蘿

さしのべた腕《かいな》の先を
カイロスはかろやかに駈け去った
流し目をくれて　髪なびかせて
懸想の男はくるしいクロノス
地団駄踏んでも　心朽ちても
かちこち　こちかち　一歩一秒

一行の

一行の反歌となりぬ雪の川　　　　真紀

石上布留《いそのかみふる》の中道　なかなかに*
奈落を湛えた　線の深さ
すべて過ぎ去ったもののすがたは
うつくしい　ふたたびふりむくな
光りの氷柱が　魂を刺す

*古今集巻第十四・六七九

春あかつき

春あかつきうすうす紅の耳拾ふ　　　真紀

二月が光る硝子のようにめざめる
はがねの夜に　撒き散らされた
わたしの部分を組み立て直して
白地図の北回帰線を青く塗る日だ
砂と鉄の寝台のしたで
ふるえている　草の心音

芹摘みの

芹摘みの母やそれより行方知れず　　真紀

月のあかるい夜には
死者たちが語りはじめる
昔おとこが　昔おんなに
一夜通いのうすなさけ
流離の貴種は　水の底
ほら　虹いろの鱗が

ムイシュキン

ムイシュキン公爵に遭ふ朧かな　　　真紀

図書館が正立方体だなんて間違っている
アッシャーの壁も大鴉の姿も見えない
ひとびとは　ひらたいカードになって
哀しみの市へ吐きだされる
風に吹かれる自由　意味をもたない自由
撒水車が町を押し流していった

II

二行詩による半歌仙の試み

夏至

初折表

夏　夏至の暁を疾ってゆく
　　蒼い風のたてがみ

同　木陰にこぼれる
　　十字の十薬

雑　白刃のように
　　明晰な思考の輪郭

雑　耳の奥で
　　蝸牛殻が回転する

秋月　月はこっちに出ている
雲の螺旋階段の右かたに

秋　さやにさやぐ
いささ群竹

初折裏

秋　転生の母は秋あかねの姿をして
水恋うて

雑恋　石見潟千尋の底も　まだ浅い*
わたしのおもいに比べれば

雑　無告の民よ
言挙げせよ

雑　ボタンひとつ押すだけの
　　終末の　耐えられない軽さ

雑　紙　髪　お上
　　神々は後悔を嚙んだか

雑　歴史は　つねに
　　消化不良である

雑　世界を満たす
　　ジョン・ケージの沈黙の楽曲

冬月　いちまいの月がひらひら
　　冬の海峡を渡っていった

雑　下天のうちは
　　夢まぼろしだとしても

春　四十年　詩の種を
　　撒きつづけたひともいるのだ

春花　世界の傷そのものとして
　　燦爛と　花はひらく

挙句　揚雲雀
　　垂直の発光体

＊石見潟千尋の底もたとふれば浅き瀬となるわが恨みかな　寂蓮

冬至

初折表

冬　冬至
　　杳い母からの伝言

同　果実は実り
　　ゆらゆらと湯気

雑　硝子の子午線をわたってゆく
　　とある朝の

雑　羽搏きと　まなざし
　　意志

秋月　月は泡立ちながらうまれた　海の
　　　藍を銀に　鋳《う》ち直すために

秋　　あたらしい葡萄酒の
　　　封印を截ろう

初折裏

秋　　ながい首を傾《かし》げている　女
　　　やや寒の壁で

雑恋　黒衣のグレコ
　　　うたう　じゅ・てえむ

雑　　夭折という完結
　　　その名を水に誌《しる》して

雑　戸棚の奥には　燧石《ひうち》と
たくさんの物語と

雑　知りたくなかった
飢餓の歴史もあるのだ

雑　癇癪を起している神々
ほほえんでいるみほとけ

夏　じじじじと油蟬は鳴き
ばばばばと　蟇はつぶやく

夏月　青桐の梢にかかる
刃物のような新月

雑　木椅子を軋ませて
わたしは立ち上がる

雑　「顔は魂の袋」と
ジョン・ダンは言った

花　ひらけば散るはかない花の
けれども　噴きあげるよろこび

挙句　はじめて草地を踏んだ
仔猫のあしうらのように

注　「半歌仙」歌仙の初折十八句、月の座二、花の座一、四季、恋、神祇などを入れる。歌仙はこれに名残折を加える。

III

俳句

春　未開紅

未開紅匂へるけふを始めけり

高橋睦郎詩集『深きより　二十七の聲』

ものの芽の濁世浄むるごと噴けり

萌え出づる草の心音深きより

母子草やはらかな自我育てをり

きさらぎの樹々に水鳴る音のして

二月八日安西均忌　安西均詩集『美男』

きさらぎを「美男」微笑の遠茜

安西均詩集『花の店』

異界にも厠はありて「花の店」

水の闇より累々と蝌蚪の紐

蛇出でてもつとも飢のきらきらす

逃げ水はいづく行くらむ恋ケ窪

猫の仔の手足もつれてしまひたる

タシケントではいま仔馬立ちあがり

百千鳥無為を娯しといふことも

猟期終る銃置く銃架端正に

陶然とサンチョ・パンサは春の酔

白魚を呑みしわが腸《わた》発光す
浅蜊剝く彼の世の雨を聴きながら

ほろびに到る水惑星よさくらさくら

花咲いて神の浄域定まりぬ

雲一片風《か》合《そ》瀬《せ》の花を尋ねけり

鳴き交す善《う》知《と》鳥《う》やすかた花の雨

灌仏盤鳥獣虫魚刻みあり

花びらの浄土となりぬ潦

散る花もわが骨灰も宇宙塵

飲《をん》食《じき》すひと逝きし日も花の夜も

川波に彼の世のひかり花筏

荒御魂花の奥処に鎮もりぬ

群衆に花のふぶける亡国史

花恋ひの一茶がゆくよ上総富津《ふづ》

頭《づ》の下の海に目覚める三鬼の忌

達治忌の新宿柏木三丁目

三・一一震災忌

水底の御魂乗せ来よ涅槃西風

弥生尽母系家族はよく笑ひ

夏　人力飛行機

けふ立夏人力飛行機飛ばさうよ

神の手のかすかに触れて白牡丹

牡丹散つてにはかに天の虚ろかな

紫陽花に藍こぼしたる天の井戸

あぢさゐに擁かれし闇の艶めける

もの思《も》へばあやめむらさきいよよ濃し

走り梅雨母にはありし泣きぼくろ

転生の母のほうたる水恋うて

青葉木菟父の転生全《また》けきや

遠花火長《ちやう》靴《くわ》の兄は還らざる

英訳の千代尼句集や沙羅の花

鎧戸はひかりの音符夏館

外にも出よ骨透くまでの青嵐

鈴蘭のピアニッシモよ風の耳

香ぐはしき管楽生るる百合の奥

夢の世に蛇のたまごのうすみどり

蕗ゆでる匂ひキチンに蛇あらはれ

野あざみのやうな血を吐き夭折す

ユーラシア大陸ゆらり青葉騒

青しぐれ蕩児帰郷の昼しづか

みなづきの渕に魚となつてゐる

水無月の重たき火縄銃を撃つ
あるほどの玻璃砕きてよはたた神

ほがらかな神もゐるらし風薫る

能登の夏タブの樹の森斧入れず

短夜の罠とも液晶光りをり

万緑や海馬ゆらりと泳ぎだす

諦念の深き皺美《は》し青葉潮

空蟬の風にかそけく鳴るあはれ

夏さみし黄金《きん》の河骨咲くことも

願満ちし夜の黒髪を洗ひけり

やはらかきもの双つ抱き夏疾る

うすものの浮舟憂き世捨つるとて

嬲られて流れのままに蛍草

砂のごときひと日暮れたり雷激し

日灼子のいちにんカインの裔ならむ

素足もて踏めばいづくも流謫の地

美しき断念瀧な瀧壺に

秋　きりぎりす

藁草履穿いてゐたりき敗戦日

疑はぬ少女なりしよ敗戦忌

軍楽隊盛装の亡兄《あに》魂迎へ

葉月潮測深鉛の陽を砕き

海鳴りやあそび好きなる生身魂

露の世の露しとどなる殉教碑
木歩忌の十指十趾のほそりかな

幼な名をたれか呼ぶごとかなかなは

前《さき》の世もその前の世もきりぎりす

酔芙蓉揺れて水《みな》口《ぐち》郡《ごをり》かな

ゐのころの揺るるばかりの恋ケ窪

綿の実の弾けてうれしさう信濃

龍胆の鈴鳴る奥の神の座《くら》

白桃の尻のまろみをたなごころ

ほつそりと月吊つてゐる樹の孤独

直立の麒麟の眠り十三夜

待宵のペーパーナイフ凶器とも

月撃つと少年の妬心うつくしき

鐘を捲く尾を身の裡に後の月

後の月のちの世信じたきひかり

月射してとぐろを巻きし納屋の縄

子規庵の軒低うして雨月かな

馬の眸に露の宿りを見しことも

葛咲いて淋しき修羅のねむりをり

秋深みゆく「変身」を枕上ミ

テロのニュース林檎一顆を剥き終る

黄落の崖つぷちまで子供狩り

すさまじの群衆針のかたちして

破芭蕉襤褸の旗をかかげをり

葡萄棚母系の裔の累々と

出雲古代文化館

銅鐸の緑青美しき神の秋

「見返りの鹿」てふ埴輪風白し

鳴砂を踏む足蹠に秋夕焼

尾崎秀樹氏追悼十句

爽秋に雲ひとひらの訣れかな

秀《ほ》を天に秋《しう》声《せい》到る大樹かな

似合ひたる結城の対も霧の袖

雁《がん》行《かう》の一本独鈷画くや空

大菩薩峠を越えて雁一羽

桐一葉こころざしてふ幹遺し

流星の昭和動乱截りゆけり

星飛ぶよいづれを兄とおとうとと
わだつみの彼方往還秋の風

水や澄む万里千秋李杜の國

（「鈴」二十四号掲載）

冬　石見風土記

冬に入る白刃のこころ抱きしまま

朝の凍て干の切尖地に生ひぬ

時雨れては晴れては石見風土記かな

遠山はしぐれ河口のうすあかり

亡き母に

菊焚くや淡き香りの灰までも

牡丹焚くつひの炎はむらさきに

ほろほろと山茶花ばかり散るばかり

綾取りの橋を渡れば母のゐて
泣き兎いつぴき胸に飼ひをりて

朴落葉ふるさと杳《はる》かほろぶらむ

幻聴の殊に木の実の落つる音

雪孕み木枯を生み祝祭日

初雪に溶接工の眼の冥み

冬の斧空の蒼さを削ぎ終る

半球の罅割れてゐる冬の地図

雪女海を歩いて来るといふ

きぬぎぬは風花となる雪をんな

またたけばもはや雫や雪をんな

亡夫に

もがり笛柩に小窓あることも

深雪かな死にゆくひとの爪を切る

片減りの靴そのままに年暮る

数へ日のたましひ乾きゐて暮るる

愛憎をひとまづ面取り大根かな

練辛子つんつん風呂吹あつあつに
ゆつくりとポトフと言葉煮てをりし

つごもりは翁に倣ふふくと汁

小鳥には小鳥の序列寒茜

北の海イルカ会議をしてゐるか

望郷の象の足踏み春隣

新年　初暦

天よりのましろき手紙大旦

去年今年脱兎のごとき時の脚

去年今年蛇の髭珠を抱きしまま

初茜荒ぶる神の在りどころ

若水のための蛇口を磨きけり

若水の滴たる一語一語かな

まつさらな月日おそろし初暦

干支になき猫いとしみて初暦

注連張つて規矩準縄を正しうす

粥占や江戸のをみなの句を拾ふ

Ⅳ

連句

胡蝶「破鍋」

東京義仲寺連句会　文音

オモテ

破鍋の子子踊る月夜かな　天魚
　夢の裡にもとどく葭切　真紀
大いなる鉤に肉塊ぶらさげて　魚
　きやうだい五人笑ひ癖似る　紀
殻もろき寒の卵の累々と　魚
　凍土を割る水仙の尖　紀

ウラ

窓玻璃に少年の自負きらめけり　真紀
　ニトロの瓶を枕辺に置き　天魚
どこまでもしろき縄綯ふ春の闇　紀
　田螺の匂ひ息にまじりて　魚
みほとけの耳を伝ひて菜種梅雨　紀
　子とろ子とろと渦を巻く淵　魚

眞鍋呉夫氏からのハガキ

ナオ　サーカスの跡掃かれある寂しさよ　天魚
　青い毛糸の記憶ほどいて　真紀
去年今年駈け抜けてゆく消防車　魚
　十字砲火の街に商ひ　紀
死者薄く眼をあけてをり月の下　魚
　朝な朝なに木犀の屑　紀

ナウ　絹まとふ貝殻骨のひややかに　真紀
　翼はづして洗濯にだし　天魚
交替の看守がつかむ缶ビール　紀
　東が吉と今日の運勢　魚
花咲いて筑紫の海の鎮まれる　紀
　あはれ孕みし鹿のいきづき　魚

昭和五十六年七月七日　七夕　起首
同　五十七年十一月二十三日小雪　満尾

天魚
故眞鍋呉夫氏。俳人、作家。句集『雪女』読売文学賞、藤村記念歴程賞。句集『月魄』蛇笏賞、日本一行詩賞。小説『サフォ追慕』『飛ぶ男』『天馬漂泊』他多数。評伝『火宅の人　檀一雄』他エッセイ集など著書多数。

歌仙「鈴玲瓏」

両吟

うす紅にたまご透かして春の揺れ　真紀
　リーマン曲面帰りゆく鳥　夏生
空に撒く方程式とたんぽぽと　紀
　あすなろの樹皮《かは》嚙めば少年　生
夕灯し秋刀魚反乱軍となる　紀
　息をしてゐる猟銃の月　生

ウラ

やゝ寒の宿帳に大黒屋光太夫　仝
　祖父の形見の雲州算盤　紀
音消えて日本銀行ロビー昼　生
　掠奪婚の酒のあまさよ　紀
蚕豆《そらまめ》のやうにすきなく包まれて　生
　汗し給へり千手観音　紀

ナオ

いるか定食くらふ流亡の民われは　生
　サマルカンドの月凍るなり　紀
青無限ハッブル膨張宇宙論　生
　峰の巣見つけたる一大事　紀
あどけなき老女を捨てに花の奥　生
　湖のおぼろに魂鎮まれる　紀
永日の玻璃かそけくも鳴ることよ　紀
　おでこに灰の木曜がきて　生
ブランデンブルク門天使逆しまに　紀
　君のまはりがふと冥くなる　生
螺子巻けば尾を振る犬のゐて立夏　紀
　銀の匙もて掬ふ白玉　生
ちりあくたゆらゆら運河物語　紀
　鯨の雲の沈む野の沖　生
蠟染めの更紗にさみしい母がゐる　紀
　ズームレンズにフセインの鼻　生
月今宵襤褸のごとき屍にも　紀
　露と鋤きこむ浄き言葉ら　生

ナウ

邂逅のいとどのひげと葱のひげ　仝
　帽子の歴史を繙いてゐる　紀
汝が胸のダリの抽斗引き出さん　生
　逢坂山を越え行けば風　紀
鈴廼屋に鈴玲瓏と花の暁　仝
　かげろふと酌む黄金色の水　生

平成三年三月一日　首尾
於　東京関口芭蕉庵

夏生
故村野夏生氏。児童文学者、俳諧師。杏花村塾主人。月刊俳諧誌「杏花村」を山地春眠子氏と共に百号満尾。連句復興に熱意を傾け、連句懇話会（のち連句協会）設立、会報発行に尽力。絵本『やまのくじらとうみのいのしし』童話『かぜねこ』評伝『漆の精　六角紫水仙』など。

歌仙「秋麗」

捌　水野　隆

秋麗の川暮れつつも明りけり　隆
　葛飾の野にほのぼのと月　武雄
新しき駅の石廊さやけしと　真紀
　銃の木箱を曳きずりて行く　隆
八方に眼のあるごとく鎧ひたる　武
　微粒子となる涙一滴　紀

ウラ

雪燦らふ大樹の幹に夢棲みて　隆
　狼吠ゆる韃靼の森　紀
鈴の音の合図に衣羽織りしが　武
　虚空に反りし足ゆびの紅　紀
擂鉢に蔵の真闇を汲みこぼし　隆
　のんのんとして庭のくちなは　武

ナオ

蕗を摘むイワンに遭ひし昼の月　紀
　革の背文字のややほとびたる　武
ギタルラの穴より侏儒の走り出て　隆
　母なるナイルを遡《のぼ》る葦舟　紀
花冷えの刺青の腕垣間見し　武
　星を沈めて春のギヤマン　隆
町なかの風折れてゐる三鬼の忌　紀
　須磨の渚にひとつ木の椅子　武
尖塔の上階に閉づ秋扇　隆
　君に抱かれて三日月に乗る　紀
菊酒にくふねかりける本歌取　武
　烏帽子泛べて池のさざなみ　隆
まひるまの博物館の髭男　紀
　をみなの皮膚人魚のごとし　武
緋のシフォン銅版の絵を包みゐて　隆
　十八歳ですアフロディーテは　紀
冬すみれ内親王てふ言葉よき　武
　暖炉の燠に湧いてくる唄　隆

ナウ

血のいろの透きてかなしき双の耳朶　紀
茗荷を噛めば老いすこしあり　武
晴天にシャツ引つかぶる朝にして　隆
地平線上駆ける銀輪　紀
花の奥心の錘揺れやまず　隆
鷗を吸ひてかひやぐらかな　武

平成四年十一月六日　首尾
於　市川市本八幡

隆
故水野隆氏。詩人、歌人、俳諧師。著書に詩集『奥美濃のうた　ふるさと詩鈔』『夏の名残りの薔薇』他。『水野隆詩集』により岐阜県芸術奨励賞、中日詩賞。連句集『満天星』により連句懇話会大賞。郡上八幡「連句フェスタ宗祇水」創始者。

武雄
故松村武雄氏。俳人。能村登四郎主宰「沖」同人。句集『冬の魞』『雪間』。連句協会理事として運営、年鑑発行に尽力。詩人北村太郎（松村文雄）と双生児の弟。連句誌「解纜」にエッセイ「兄、北村太郎のこと」連載。

歌仙「をんな歳時記」　衆議判

読売文学賞受賞記念

芽柳や女ばかりの句座眩し　睦郎
　誰にともなく睦む猫の仔《こ》　漠
爪の糸巻き戻さんと合図して　漠
　時計の発条《ばね》のゆるむ日永さ　真紀
のつたりと海より出《い》づる春の月　真紀
　垂るる雫のとめどなしとや　睦郎

ウラ

久方のせんたく物を干しまはし　睦郎
　窓それぞれに過去も未来も　漠
新妻が鏡の奥に洗ふ髪　漠
　涙の谷に十字架《クルス》涼しく　真紀
五線譜の音符ひらひら飛び立つて　真紀
　木の葉時雨をうたたねに聞く　睦郎

ナオ

後の月祭りしのちはただ明る　睦郎
　葡萄酒醸す隠れ里ここ　漢
代々の暖簾姉弟で引き継いで　漢
　たらちねの母行方知らずも　真紀
水や空雲の上《へ》に浮く花筏　真紀
　若草を敷きひらく弁当　睦郎
卒業歌うたひおほせし徒然《とぜ》なさに　睦郎
　登竜門を推して敲いて　真紀
あぢさゐに藍こぼし切る天の井戸　真紀
　ギヤマンに映え真昼間の星　漢
抒情詩のスタンザ起承転結す　漢
　珈琲淹るる卓《つくえ》芳し　睦郎
唇よりももの言ひたげな長睫毛　睦郎
　砂の柩に王妃鎮もり　真紀
野分して始祖鳥の骨堀りあてし　真紀
　疎林に鎌の月を懸けおく　漢
死ぬほどに菊が嫌ひであつた人　漢
　塵ひとつなき書斎なりしか　睦郎

ナウ

凍てし古書抜いて並べて読み較べ　睦郎
近松の忌に雪の降りくる　真紀
眼を閉づる傀儡《くぐつ》とともに傀儡師も　漠
しづこころなく茶を立ててをり　真紀
花びらの漂ふはてを見遣りては　睦郎
富士をバックに揺する鞦韆　漠

平成二十八年三月　首尾

角川文化振興財団「俳句」平成二十八年八月号掲載

睦郎
高橋睦郎氏。詩、短歌、俳句、小説、評論、翻訳、オペラ・能狂言の台本作成とすべてのジャンルに卓越の文学者。日本芸術院会員、文化功労者。著書は百冊を超える。詩集『稽古飲食』読売文学賞。句集『十年』蛇笏賞。詩集『深きより　二十七の聲』毎日芸術賞。そのほか現代詩人賞、現代俳句大賞、高見順賞、鮎川信夫賞、詩歌文学館賞、シェイマス・ヒーニー賞などなど。

漠
鈴木漠氏。詩人、俳諧師、評論家。詩集『魚の口』『遊戯論』など十四冊、連句集『壺中天』『滅紫帖』など十三冊、随想『連句茶話』など著書多数。詩集『投影風雅』日本詩人クラブ賞。連句集『海市帖』連句協会推薦図書表彰。徳島県文化賞、兵庫県文化賞受賞。

歌仙「戀の座」

衆議判

高橋睦郎句集『十年』上梓を祝つて

戀の座は涼しくとこそ玉硯　睦郎
　吉兆のごと蛇《くちなは》の衣《きぬ》　真紀
練習機つばさ振りつつ描《えが》く輪に　漠
　変幻自在飴細工舐め　漠
月映る凄雨《せいう》上りの水溜り　光明
　出荷間近き籠の鈴虫　光明

ウラ

つれづれに源氏絵巻の「紅葉賀《もみぢのが》」　真紀
　公達競ふ箏《さう》の調べを　真紀
今もなほト音記号の渦が好き　漠
　始発の駅に馴初めし仲　漠
うそのない会話やうやく抱きしめて　光明
　トリコロールの手編みスウェター　光明

ナオ

狼のジョジョの孤独を照らす月　真紀
　うたてきものに国境の壁　真紀
つるはしをふるふ坑夫の揉み上げに　漠
　虚無とよばれる酒舗《バア》に居つづけ　漠
栞《しを》られし花も悲しきテロリスト　光明
　生誕の地を訪うて春尽く　光明
誰しもに親子のきづな苗代《なはしろ》田　漠
　丸型ポスト口を開けをり　漠
十年《ととせ》経ぬ文机に稿堆《うづ》高く　真紀
　殊にも風の美《は》しきみなづき　真紀
置鍼《おきはり》の痕を摩《さす》つてシャワー浴ぶ　光明
　盲導犬は使徒のごとくに　光明
有明に深まる祈り黙示録　漠
　グラデーションに染まる色草　漠
宝石のやうなはららご賜りて　真紀
　指貫おもき指のほそりよ　真紀
溺れたき房事奈落の底に消え　光明
　招《まねき》書く筆持てば冷たし　光明

ナウ　女教師に似せて造りし雪像も　漠
鸚鵡を飼うてをり航海士　真紀
方舟は漂着場所を決められず　光明
時分ぞ惜しめ幕引き廻し　睦郎
その名告《の》り花若かはた鬼若か　睦郎
桜貝もて飾る瓔珞《やうらく》　執筆

平成二十九年五月　満尾

角川文化振興財団「俳句」平成二十九年九月号掲載

光明

梅村光明氏。詩人、俳諧師、俳諧評論家。詩集『破流智蹔』及び『きみは時代のバックコーラス』。詩誌「ア・テンポ」の会主宰。俳句の会「ひねもす」事務局。連句「阿吽」の会代表。連句協会理事として東奔西走。啓蒙の解説評論も多い。

◉初出誌

俳諧誌「杏花村」（主宰村野夏生、編集人山地春眠子）、俳諧誌「風信子」（主宰村野夏生、編集人別所真紀子）、俳誌「鈴」（主宰平林英子、発行人伊藤桂一）、「俳句」（角川文化振興財団）。

詩集『アケボノ象は雪を見たか』『ねむりのかたち』『すばらしい雨』（別所真紀子）。俳諧誌「解纜」（水先案内人別所真紀子、編集人渡辺柚）。

あとがき

つねに傍観者でしかないことの、うしろめたさを抱いていた。この国を襲った数かずの災害の時である。当事者ではない者が言挙げするのは不遜な気がして一行の詩も書けなかったのに、一茶の句を前に置くことで漸く思いの一片を書くことができたのだった。

「句詩付合」を思いついた年代も理由も忘れてしまったけれど、第二詩集『アケボノ象は雪を見たか』（一九八七年刊）に六篇載せているから三十数年以前のことになる。掲載は順不同で、私家版詩集『すばらしい雨』に大半は載せてもいる。そのほかは俳諧誌「解纜」の扉に連載したものが殆どである。

「詩や小説を書く者は連句をやらなければ駄目だ」と、故空花先生こと林富士馬氏に誘われて、何のことか判らぬままに入った俳諧連句の世界は、大層魅惑的な奥深いもので私の生涯の大きな転機となった。何よりも面白くてその面白さに浸って俳諧女性史や小説や、連句誌発行などに手を広げて、奇特にも読んでくださる方々を悩ませてきた忸怩たる思いがあるが、またこの一冊でお煩わせすることになって申しわけない次第である。

俳句は全くの自己流であって、しかも多く連句の中で生れたものなので発表に値するかどうか、忝なくも読んで下さった方々の遠慮会釈ないご批評を願っている。

連句「破鍋」「鈴玲瓏」「秋麗」三巻の連衆は、いずれも物故された大先達の方々を偲ぶ意味で採録した。

「をんな歳時記」は、思いがけず大きな賞を頂いた折、選考委員でもあられた高橋睦郎氏の発句で知友の鈴木漠氏が参加して下さったもの。受賞にもましてこの上ない喜びの一巻である。「戀の座」は、高橋睦郎氏の句集『十年』ご上梓を祝って勝手に始めたのであったが、早まり過ぎたと思ったのはそののち、『十年』が蛇笏賞を受賞されたからである。受賞記念歌仙にならず残念なことであった。

本書のタイトル「風曜日」は、画家にして詩人の故佐伯義郎氏（一九一八―一九七九年）の造語である。内容を統一していないためタイトルに悩んで、故人に申しわけないながら拝借した。

この貧しい営為の一冊も、これまで出合った多くの師、先達、連衆の存在がなければ生むことはできなかったものです。すべての方のお名は挙げられませんが、心に深く御礼申し上げます。深夜叢書社齋藤愼爾氏、高林昭太氏、そして版下作成をお願いした渡辺柚さん、私の記憶の欠如を補完して頂いた山地春眠子さんに厚く御礼申し上げます。ありがとうございました。

令和四年霜月佳日

別所真紀子

別所真紀子　べっしょ・まきこ

一九三四年、島根県生まれ。詩人・作家。連句誌「解纜」主宰。著書は、詩集に『しなやかな日常』『アケボノ象は雪を見たか』『ねむりのかたち』『すばらしい雨』、評論集に、『芭蕉にひらかれた俳諧の女性史』『言葉を手にした市井の女たち』、俳諧評論『共生の文学』（長谷川如是閑賞論文を含む）、『江戸おんな歳時記』（読売文学賞）など。小説に、『雪はことしも』（歴史文学賞）『つらつら椿』（町田文化賞）『芭蕉経帷子』『残る蛍』『数ならぬ身となど思ひそ』『詩あきんど 其角』『浜藻崎陽歌仙帖』、童話に『まほうのりんごがとんできた』など。

風曜日

二〇二三年一月二十日　発行

著　者　別所真紀子
発行者　齋藤愼爾
発行所　深夜叢書社
〒一三四―〇〇八七
東京都江戸川区清新町一―一―三四―六〇一
info@shinyasosho.com
印刷・製本　株式会社東京印書館

ISBN978-4-88032-476-0 C0092